余花の空

Ooki Rieko

大木梨英子句集

ふらんす堂

句集／余花の空

句集

余花の空

昭和四十五年

漣に明暗のあり燕くる

廃品の輝き燕空を切る

Ｇパンの好きな娘とゆく杉菜道

芽木時雨かつらかぶる日かぶらぬ日

畦塗つて星を棲まはす養子村

残る鴨まばらに家鴨威を張れり

余花の空かよはぬ言葉つみ重ね

若竹やいつも何かに追はれゐて

己が影さがすや梅雨の矮鶏夫婦

娘と居てもさびし薄暮の花ざくろ

ねずみもち散るや日暮の長電話

薔薇活けて傷の痛みの昨日今日

螢袋破れて夫の忌の来たり

なまなかな悟りはいらずユッカ散る

栗咲いてその後の猫のゆくへなど

鬼百合や湯をかぶるとき山みえて

兜虫の大いなる艶夜に入る

老鶯の声のびのびと女郎墓

雨となる胸突き坂の夏落葉

昭和四十六年

坂多き町に住み慣れ白つつじ

地味なもの着て気安さよ風薫る

祖母育ち祖母となりけり夏蕨

柿若葉に光あふれて娘は遠し

薔薇の束とどきて吾子の誕生日

木もれ日の無縁仏や蔦若葉

夏草や仁王はいつも日の裏に

蜜豆を一気に食べて忘れ癖

薔薇凜然師恩句恩をかみしむる

かもしだすものなし浮葉の懈怠かな

栗散華まんだらにして野の菩薩

山梔子の一花に雨のあわただし

あかしやの落花匂はず眠きかな

若竹やいつも何かが欠けてゐて

えご散るや句帳の母子向き向きに

桜実に醸すもの無き一日かな

昼寝覚めしらじら開くたなごころ

薬嫌ひの薬に頼よる螢草

昭和四十八年

薔薇咲くや猪口一杯の酔ひごこち

黄薔薇や酔へば救ひのあるごとし

みんみんの夜を鳴きをり子安神

木槿咲く旧番外の赤煉瓦

いなり寿司ふつくら並べ盆の山

茄子きうり色変へ村の盆終はる

空缶の水路を踊る地蔵盆

残り湯や網戸にとまる秋の蟬

しろじろと八つ手の花や本を読む

裏山に狸棲むとや娘の手紙

亡き夫の詩を口遊む雪催

朴落葉かさりかさりと流離かな

東京が恋し恋しと毛糸編む

あとがきにかえて

母と約束していた句集をやっと出すことができた。母は、桜が大好きだったので、句集名は、〈余花の空かよはぬ言葉つみ重ね〉の句から取って、「余花の空」とした。

句集を読んだ人達が、春におくれて咲く桜を見たとき、母のことを思い浮かべて下さったら幸せです。

令和六年一月吉日

大木あまり

著者略歴

大木梨英子（おおき・りえこ）

1905年熊本県八代に生まれる。
1960年頃「河」入会。角川源義の指導を受ける。
1998年12月に死去。

連絡先　〒226-0006　神奈川県横浜市
緑区白山3-18-1　吉本方
大木あまり

句集　余花の空　よかのそら

二〇二四年三月三日　初版発行

著　者——大木梨英子

発行人——山岡喜美子

発行所——ふらんす堂

〒182-0002 東京都調布市仙川町一—一五—三八—二F

電　話——〇三（三三二六）九〇六一　ＦＡＸ〇三（三三二六）六九一九

ホームページ　https://furansudo.com/　E-mail info@furansudo.com

振　替——〇〇一七〇—一—一八四一七三

装　幀——君嶋真理子

印刷所——三修紙工㈱

製本所——三修紙工㈱

定　価——本体二二〇〇円＋税

ISBN978-4-7814-1639-7　C0092　¥2200E

乱丁・落丁本はお取替えいたします。